25 avril 1892

COLLECTION D'UN AMATEUR

[Jules Porgès]

TABLEAUX

ANCIENS

IMPRIMERIE DE L'ART

CATALOGUE

DE

TABLEAUX ANCIENS

POUR LA MAJEURE PARTIE DES

ÉCOLES FLAMANDE ET HOLLANDAISE

ŒUVRES INTÉRESSANTES PAR

Berchem.	De Heem.	A. de Lorme.
Berkheyde.	Huysmans.	P. Neeffs.
Jan le Ducq.	K. du Jardin.	David Teniers.
Vanden Eeckhout.	Jordaens.	E. de Witt.
Heda.	Lingelbach.	Wynants.

SUPERBE TROPHÉE DE CHASSE, PAR JOH. FYT

Plusieurs portraits remarquables

Provenant de la

COLLECTION D'UN AMATEUR

ET DONT LA VENTE AURA LIEU

HOTEL DROUOT, SALLE N° 8

Le Lundi 25 Avril 1892

A DEUX HEURES ET DEMIE

Mᵉ PAUL CHEVALLIER	M. EUG. FERAL
COMMISSAIRE-PRISEUR	PEINTRE-EXPERT
10, rue de la Grange-Batelière, 10	54, rue du Faubourg-Montmartre, 54

EXPOSITIONS

PARTICULIÈRE : *Le Samedi 23 Avril 1892, de 1 h. 1/2 à 5 h. 1/2*

PUBLIQUE : *Le Dimanche 24 Avril 1892, de 1 h. 1/2 à 5 h. 1/2*

CONDITIONS DE LA VENTE

La vente sera faite au comptant.

Les acquéreurs payeront, en sus de leur adjudication, *cinq pour cent.*

Paris. — Imp. de l'Art, E. Ménard et Cie, 41, rue de la Victoire.

TABLEAUX

AALST

(WILLEM VAN)

1 — *Gibier mort.*

Perdrix et autres pièces de gibier à plumes, suspendues par les pattes à des crocs de fer et retombant sur un piédestal de marbre où se voient un couteau de chasse et divers oiseaux, et contre lequel s'appuie obliquement le canon d'un fusil. A gauche, un gros lièvre, à demi caché par une trompe de cuivre, pend au long de la muraille.

Peinture d'une exécution très soignée.

Toile. Haut., 1 m. 12 cent.; larg., 92 cent.

BERCHEM

(KLAAS)

2 — *Le Triomphe de Flore.*

La déesse, escortée par les amours, assise dans un char traîné par des génisses et des moutons, sème les fleurs sur son passage. Ce sujet est peint dans un médaillon circulaire autour duquel sont groupées des divinités de l'Olympe : Junon, Diane, Apollon, les Amours, etc.

Signé à droite.

Toile. Haut., 92 cent.; larg., 86 cent.

3 — *Le Triomphe de Cérès.*

On se prosterne sur le passage de Cérès qui tient une gerbe de blé, assise dans un char traîné par des béliers; des divinités, des génies tenant des torches dans les nues sont répartis tout autour du médaillon.
Pendant du précédent.

Toile. Haut., 92 cent.; larg., 86 cent.

BERCHEM
(KLAAS)

4 — *La Bergère.*

Une villageoise, agenouillée sur l'herbe, trait une brebis, dans une bassine de cuivre où vient boire un tout petit chien. A gauche, une étable en planches. Lointains montagneux et boisés.
Première manière du peintre.
Cadre ancien en bois sculpté et doré.

Bois. Haut., 44 cent.; larg., 36 cent.

BERGEN
(DIRK VAN)

5 — *Pâturage hollandais.*

Une villageoise est assise dans la prairie, accoudée sur un panier; elle est entourée de vaches debout et couchées, de brebis, de chevaux; une chèvre vient d'entrer dans un petit ruisseau qui coule au premier plan.
Collection Martin Coster.

Toile. Haut., 37 cent.; larg., 48 cent.

BERKHEYDEN

(GERRITS)

6 — *La Place du Dam, à Amsterdam.*

C'est un jour de marché, la foule se presse sur la place où des marchands font apporter leurs ballots.

Signé à droite de l'initiale *B*.

Toile. Haut., 68 cent.; larg., 84 cent.

BERRÉ

(JEAN-BAPTISTE)

7 — *Gibier.*

Un lièvre mort, suspendu par les pattes de derrière, est déposé sur une console de marbre, auprès d'un nid. Au mur sont accrochées deux perdrix.

Signé et daté 1811.

Toile. Haut., 66 cent.; larg., 49 cent.

BESCHEY

(J.)

8 — *Le Repos de la Sainte Famille.*

La Vierge Marie, en robe rouge, a sur les genoux l'Enfant Jésus, qui caresse l'agneau que lui presente le petit saint Jean; sainte Anne, debout, domine le groupe.

Pastiche dans la manière de Rubens.

Signé J. Beschey. 17..

Bois. Haut., 46 cent.; larg., 36 cent.

BOTH

(ANDRÉ)

9 — *Marche d'animaux.*

Dans la montagne, au soleil couchant, des pâtres rassemblent leurs troupeaux; les uns suivent une route, auprès d'un petit pont; les autres gravissent la pente d'un talus pour se réunir aux premiers.

Bois. Haut., 48 cent.; larg., 64 cent.

BOURDON

(SÉBASTIEN)

10 — *Un Campement.*

Soudards et bohémiens, groupés sous une tente pavoisée d'un drapeau.

En dehors, le chef de la bande est assis sur un banc, un poing sur la hanche et tenant sa pipe; il se tourne vers une femme coiffée d'un feutre empanaché, qui boit à sa santé.

Par terre, des armures, des bottes, des fontes de pistolet.

Bois. Haut., 44 cent.; larg., 34 cent.

BOUT

(PEETER)

ET

BAUDEWYNS

(FRANZ)

11 — *Un Port de mer.*

Sur le quai, devant un palais en ruine, sont assemblées une multitude de figurines : personnages costumés à la mode orientale, seigneurs coiffés de feutres et drapés dans leurs grands manteaux, mariniers, portefaix, mendiants.

Bois. Haut., 35 cent.; larg., 43 cent.

BOUT

(PEETER)

ET

BAUDEWYNS

(FRANZ)

12 — *Paysage animé.*

A gauche, un bouquet d'arbres séculaires; à droite, des cavaliers et leurs chiens suivent une route qui mène à une rivière où des pâtres font halte sur la berge.

Sur l'autre rive, une ville, au pied de hautes montagnes.

Toile. Haut., 40 cent.; larg., 35 cent.

*

BRIL

(PAUL)

13 — *Paysage boisé.*

En premier plan, un homme à veste rouge et une dame habillée de blanc sont assis au pied d'un bouquet de grands chênes.

Un page, auprès d'eux, sur la route, tient par la bride deux chevaux.

La campagne, sillonnée par un cours d'eau, est complètement boisée.

Bois. Haut., 45 cent.; larg., 84 cent.

CIGNANI

(CARLO)

14 — *Nymphe et Amour.*

Cupidon pose le bout du doigt sur la poitrine de la nymphe, précisant l'endroit où elle hésite encore à faire une piqûre avec la flèche qu'elle lui a dérobée.

Toile. Haut., 76 cent.; larg., 94 cent.

CRANACH

(D'après)

15 — *Portrait d'un Électeur de Saxe.*

Il est vêtu d'une robe de brocart à bandes de velours, garnie de fourrure; un livre à riche reliure est posé devant lui sur une table; ses doigts jouent avec les grains d'un chapelet.

Bois. Haut., 58 cent.; lrag., 42 cent

CRANACH

(D'après)

16 — Pendant du précédent.

Une dame, en somptueux costume du XVIe siècle, donne la main à son jeune fils, portant un manteau d'hermine.

Figures à mi-corps.

Bois. Haut., 58 cent.; larg., 42 cent.

CROOS

(JAN VAN)

17 — *Les Pêcheurs à la ligne.*

Deux pêcheurs, l'un debout, l'autre assis sur la berge. A gauche, le mur d'enceinte d'une ville hollandaise, baigné par un canal.

Cadre ancien en bois sculpté.

Bois. Haut., 49 cent.; larg., 37 cent.

DE MARNE

(JEAN-LOUIS)

18 — *Le Moulin à vent.*

Il est situé sur une colline d'où la vue embrasse la vallée de la Seine.

A droite, sur un chemin, trois vaches, une campagnarde sur un âne et un homme couché sur le gazon.

Tolle. Haut., 22 cent.; larg., 27 cent.

DUCQ

(JAN LE)

19 — *Le Partage du butin.*

Dans une ancienne église transformée en corps de garde, des soldats examinent les objets de valeur rapportés d'une expédition. A droite, le chef de la troupe, en costume gris brodé d'argent, chaussé de bottes évasées en entonnoir, se tient debout sur les marches d'un autel. Devant lui, est assise sur les mêmes marches une femme en toilette de satin jaune. Tous deux désignent de l'index un groupe de cinq personnages, dont l'un assis devant un tambour soupèse en riant une chaîne d'or, ce pendant qu'une femme debout derrière lui se rend compte de l'effet produit par une grosse perle qu'elle fixe sur son feutre. A gauche, une selle est déposée sur un tonneau de champ.

Au second plan, deux mousquetaires et une dame font la conversation.

Bois. Haut., 43 cent.; larg., 67 cent.

EECKHOUT

(GERBRANDT VAN DEN)

20 — *Le Repas d'Emmaüs.*

Assis au bout de la table où les mets sont servis sur une nappe blanche, Jésus, vu de profil, rompt le pain qu'il vient de bénir. Ses deux disciples le reconnaissent : l'un se lève respectueusement, une main sur la poitrine; l'autre, assis, manifeste sa surprise. Derrière lui, un serviteur se tient debout, une main sur le dossier du siège. Devant la table, un chien et un chat.

Tableau d'une vigoureuse coloration et d'un beau sentiment d'effet, très dramatique.

Toile marouflée. Haut., 60 cent. larg., 71 cent.

ELST

(PIETER VAN DER)

21 — *Les Mendiants.*

Dans une ville hollandaise, deux mendiants : un vieillard loqueteux, le chapeau à la main, et un jeune garçon, une main dans la poche et tenant un bâton, sont arrêtés à la porte d'une habitation.

Signé en bas du monogramme, composé des lettres P. V. E.

Bois. Haut., 26 cent.; larg., 23 cent.

FERG

(FRANÇOIS DE PAULE)

22-23 — *Paysages et figures.*

Deux charmantes compositions en pendants, représentant des paysages historiés de monuments en ruines et animés de nombreuses figurines : cavaliers, groupes de villageois, animaux, etc.

Cuivre. Haut., 32 cent.; larg., 42 cent.

FERG

(FRANÇOIS DE PAULE)

24 — *Le Pont rustique.*

Une passerelle de bois relie les rochers entre lesquels coule un torrent. A droite, un chevrier est assis devant un amas de rocs que domine un sarcophage, en forme de pyramide.

Cuivre. Haut., 31 cent.; larg., 40 cent.

FERG

(FRANÇOIS DE PAULE)

25 — *Le Bac.*

Cavaliers et villageois sont serrés dans un bac, conduit par deux passeurs; sur la rive, à droite, une multitude de figurines. Sur l'autre bord, au second plan, les maisons d'une ville.

Toile. Haut., 25 cent.; larg., 35 cent.

FYT

(JOHANNES)

ET

ARTOIS

(JACQUES VAN)

26 — *Trophée de chasse.*

Deux canards sauvages, des perdrix grises et des perdrix rouges, un lapin, un fusil, un piège, une sacoche, sont groupés sur la pente d'une colline plantée de gros arbres. A droite, on découvre un vallon fertile.

Le paysage est peint par Van Artois.

Tableau de premier ordre dans l'œuvre de Fyt. L'exécution en est admirable et la coloration générale — qualité tout exceptionnelle — en est claire, blonde et d'une extrême finesse.

Toile. Haut., 1 m. 47 cent.; larg., 1 m. 18 cent.

GRIMOUX

(ALEXIS)

27 — *Portrait de jeune femme.*

Cheveux blonds relevés et maintenus sur la nuque par un cordon de perles, collerette bouillonnée à trois rangs, robe de soie changeante, draperie jetée sur l'épaule, elle est tournée de trois quarts vers la droite.

Agréable portrait, signé *Grimou 1732.*

Cadre en bois sculpté et doré.

Toile. Haut., 58 cent.; larg., 48 cent.

HACKAERT

(JAN)

28 — *Le Retour de chasse.*

Une amazone, le faucon au poing, et trois cavaliers, coiffés de tricornes à plumes, sont précédés d'un valet de chiens et suivent une route qui passe devant une cascade qui jaillit d'un immense rocher. Au loin, un vallon, puis une montagne dont la crête se découpe sur un ciel traversé de nuages ensoleillés.

Les figures et les animaux sont attribués à *Lingelbach.*

Toile. Haut., 64 cent.; larg., 74 cent.

HEDA

(WILLEM-KLAAS)

29 — *Nature morte.*

Des pièces d'orfèvrerie, coupes et salières, un grand verre à vin du Rhin, un pain rond sur une serviette en tapon, un citron à moitié pelé, des crabes et un cornet de papier dans des assiettes d'étain, sont déposés sur une table recouverte d'un tapis de couleur foncé.

Œuvre importante de l'artiste.

Cadre Louis XIV en bois sculpté et doré.

Bois. Haut., 69 cent.; larg., 88 cent.

HEEM

(JAN DAVID DE)

30 — *Nature morte.*

Un saladier plein de fruits, un hareng et deux oignons sur une assiette d'étain, des noisettes, des huîtres, un vidrecome, sont groupés sur une table, en partie recouverte d'un tapis de soie frangé d'or.

Signé en toutes lettres.

Toile. Haut., 42 cent.; larg., 58 cent.

HEEM

(JAN DAVID DE)

31 — *Nature morte.*

Un citron à demi pelé, des raisins, des cerises et des prunes dans une assiette d'étain, auprès d'un verre à pied, d'un pot de grès à couvercle d'étain et d'un gobelet d'argent renversé.

Bois. Haut., 34 cent.; larg., 48 cent.

HEUSCH

(WILLEM DE)

32 — *Paysage.*

Une femme cause avec un homme assis au pied d'un grand arbre, qui penche au-dessus d'un cours d'eau; plus en avant sont arrêtées une chèvre et deux vaches. Sur la droite, à travers les arbustes, on aperçoit un groupe de maisons, au sommet d'une colline.

Provient de la galerie Fesch.

Bois. Haut., 31 cent.; larg., 40 cent.

HOET

(GÉRARD)

33 — *La Fête de Flore.*

Dans un temple, à colonnes de marbres de couleurs, des jeunes filles, vêtues à l'antique, disposent des bouquets dans les vases, apportent des corbeilles de fleurs et enguirlandent le sanctuaire où se dresse la statue en bronze de la déesse.

Gracieuse composition comprenant plus de vingt figures.

Toile. Haut., 43 cent.; larg., 51 cent.

HOET

(GÉRARD)

34 — *Scène mythologique.*

Une déesse, aidée par les amours, transporte un jeune homme endormi. A droite, un char traîné par deux griffons.

Haut., 45 cent.; larg., 50 cent.

HOUBRAKEN

(ARNOLD)

35 — *Portrait d'un jeune seigneur.*

De trois quarts, vers la droite, cheveux châtains bouclés, fines moustaches, un bras sur le dossier de son siège, les doigts entrecroisés. Il est vêtu de velours noir. Col et manchettes unis.

Signé à droite de l'initiale H, et daté.

Toile. Haut., 81 cent.; larg., 66 cent.

HUGTEMBURCH

(JAN VAN)

36 — *Combat de cavalerie.*

Sur un monticule planté d'arbres, deux corps de cavaliers sont aux prises.

Signé en bas du monogramme et daté 1712.

Toile. Haut., 33 cent.; larg., 37 cent.

HUYSMANS DE MALINES

(CORNILLE)

37 — *Paysage.*

Un rayon de soleil frappe des terrains éboulés. A gauche, sur la lisière d'un bois, quatre jeunes filles, costumées à l'antique, cueillent des fleurs. Ciel bleu avec nuages très brillants.

Toile. Haut., 40 cent.; larg., 35 cent.

HUYSMANS DE MALINES

(CORNILLE)

38 — *Paysage.*

Un chêne immense se dresse au bord d'un sentier que suivent des villageois; deux vaches sont arrêtées au bord d'un torrent. A droite, des terrains éboulés vivement éclairés; dans l'éloignement, une chaîne de montagnes.

Toile. Haut., 1 m. 20 cent.; larg., 84 cent.

HUYSMANS DE MALINES

(CORNILLE)

39 — *Paysage.*

Quelques moutons, sur le bord d'un torrent, qui baigne un rocher percé d'une ouverture en arcade et se profilant sur un ciel chargé de nuages.
Cadre à laurier.

Toile. Haut., 50 cent.; larg., 70 cent.

JANSSENS

(CORNILLE)

DIT JANSON VAN KEULEN

800 40 — *Portrait d'un jeune seigneur.*

pour Albert Lehmann

De trois quarts en buste, cheveux châtains bouclés, moustaches blondes, il est revêtu d'une armure, sur laquelle retombe un col bordé de dentelle.

Toile ovale. Haut., 53 cent.; larg., 43 cent.

JARDIN

(KAREL DU)

41 — *La Joyeuse Compagnie.*

Sur une terrasse dallée de marbres de couleurs, devant le péristyle d'un palais, d'élégants cavaliers sont attablés avec des courtisanes en toilettes de satin. A gauche, contre une fontaine, sont groupés des musiciens : un joueur de flûte, une chanteuse et deux femmes; l'une, pinçant du luth; l'autre, jouant du violoncelle. A droite, une bohémienne dit la bonne aventure à un seigneur portant un pourpoint de velours tailladé.

Dans l'éloignement, à demi perdue dans une brume bleuâtre, on distingue une ville au sommet d'une montagne.

Toile. Haut., 50 cent.; larg., 62 cent.

JORDAENS

(JACOB)

42 — *Le Bouffon d'Anvers.*

Le visage épanoui, revêtu d'un bizarre costume de fou à raies de couleurs, avec grelots et plumes sur le capuchon; il se présente de face, tenant un chat, dans la baie d'une croisée. Une jeune femme en corsage rouge, avec guimpe dénouée, se penche à la croisée et saisit en riant la marotte du bouffon.

Tableau remarquable et grassement peint.

Cadre ancien en bois sculpté.

Toile. Haut., 1 m. 12 cent.; larg., 1 m. 20 cent.

KESSEL

(JAN VAN)

43 — *Hiboux et autres oiseaux.*

Signé : I VKESSEL. F.

Bois. Haut., 22 cent.; larg., 28 cent.

KOBELL

(JEAN)

44 — *Pâturage.*

Une vache debout, de profil, et un veau couché, vu de face, dans un pré, à la base d'une montagne à pic.

Bois. Haut., 67 cent.; larg., 53 cent.

KOBELL

(GUILLAUME)

45 — *Cheval blanc au pâturage.*

Toile. Haut., 23 cent.; larg., 32 cent.

KONINCK

(SALOMON)

46 — *Sujet biblique.*

Un jeune homme semble refuser de sacrifier aux faux dieux. Le grand prêtre, coiffé d'un turban et drapé de brocart, lui ordonne de se prosterner devant l'autel tendu de pourpre.

Bois. Haut., 23 cent.; larg., 30 cent.

LEPRINCE

(J. B.)

47 — *Pastorale.*

Dans un parc, devant le piédestal d'un vase en marbre, une jeune fille, penchée sur un galant à ses genoux, soutient une couronne de roses au-dessus de la tête d'un second amoureux qui lui présente une cible où se voit un cœur percé d'une flèche.

Cadre ancien en bois sculpté.

Toile. Haut., 55 cent.; larg , 45 cent.

LINGELBACH

(JOHANNES)

48 — *Port de mer.*

Un seigneur et son épouse, suivis d'un négrillon portant un parasol et précédés d'un enfant qui caresse un lévrier, descendent les marches d'un palais et passent devant une statue de Neptune élevée sur un piédestal carré. Des marchands levantins, des négociants hollandais, des portefaix roulant les ballots et les futailles, se pressent sur les quais du port.

Toile. Haut., 64 cent.; larg., 78 cent.

LORME

(ANTON DE)

49 — *Un Temple protestant, la nuit.*

Édifice d'ordre dorique. La grande nef, à son intersection avec le transept, est éclairée par un lustre de cuivre à deux rangs de bougies. De nombreuses figurines, dues au pinceau de *Stockade,* animent le premier plan : ouvrier soulevant des dalles, enfants jouant aux billes, dame vêtue de satin jaune et causant avec un seigneur drapé dans un manteau rouge, etc. Au fond, à travers les deux arcades à plein cintre du jubé, on aperçoit le chœur vivement éclairé.

Signé en bas, à gauche : *A. de Lorme, 1661.*

Cadre en bois sculpté.

Bois. Haut., 90 cent.; larg., 1 m. 25 cent.

MARIESCHI

(JACQUES)

50-51 — *Vues de Venise.*

Canaux sillonnés de gondoles et coins de Venise, avec palais en ruines.

Deux pendants.

Toile. Haut., 35 cent.; larg., 55 cent.

MOLYN
(PIETER)

52 — *Le Chevrier.*

Il est assis auprès d'un édifice en partie écroulé et surveille des chèvres dispersées dans une prairie.

Bois. Haut., 58 cent.; larg., 84 cent.

MOOR
(KAREL DE)

53 — *Portraits.*

1720 pour Albert Lehmann

Personnage hollandais et son épouse représentés à mi jambes contre une colonnade, dans un parc ; le premier en robe de chambre à ramages, cravaté de dentelle, a la main sur un piédestal où se voit une rose. La dame est en toilette de satin gris perle, avec écharpe bleue et manchettes de guipure ; elle a un collier de perles.

Signé en toutes lettres et daté 1684.

Toile. Haut., 54 cent.; larg., 63 cent.

MUSSCHER
(MICHEL VAN)

54 — *Portrait d'une dame de qualité.*

Représentée presque de face, à mi-jambes, dans un parc, en robe de velours ponceau, chemise garnie de dentelle, écharpe de soie changeante drapée autour des épaules ; les bras nus, la gorge à découvert, elle a un collier de perles. A gauche, sous les arbres, la façade d'un monument décoré de statues.

Toile. Haut., 56 cent.; larg., 49 cent.

NEEFFS

(PEETER)

55 — *Saint Pierre délivré de prison.*

Dans une vaste galerie, dallée de marbre et éclairée par un lustre, l'Ange conduit saint Pierre, tandis que les gardes sont endormis, assis ou couchés, aux différents plans de la composition. A gauche, un homme descend des marches, apportant une cruche d'eau et une corbeille de pain.

Les figures sont peintes par *Sébastien Vrancks.*

Signé *Peeter Neeffs.*

Cadre ancien en bois sculpté.

Bois. Haut., 47 cent.; larg., 63 cent.

NEEFFS

(PEETER)

56 — *Intérieur d'une cathédrale gothique.*

Vue perspective de la grande nef et des bas-côtés. Les fidèles sont groupés auprès d'un prédicateur en chaire. De nombreuses figurines circulent au premier plan.

Signé en haut, à gauche.

Bois. Haut., 36 cent.; larg., 49 cent.

NONNOTTE

(DONAT)

57 — *Portrait de jeune femme.*

La tête de face, le corps de trois quarts, elle est coiffée d'un chapeau de paille et porte un élégant costume de soie bleue agrémenté de nœuds roses avec garnitures de dentelle. Elle a un collier de perles à quatre rangs, des pendants d'oreilles et des bracelets d'or; elle prend une pomme dans une corbeille.

Fonds de verdure.

Cadre en bois sculpté.

Toile. Haut., 80 cent.; larg., 62 cent.

OMMEGANCK

(BALTHAZAR)

58 — *Pâturage.*

Un bélier, des brebis et des agneaux sous un rayon de soleil.

A droite, dans la pénombre, le petit berger joue avec un chien. Une chaîne de collines azurées borne l'horizon.

Bois. Haut., 54 cent.; larg., 72 cent.

ORRIZONTI

(VAN BLOEMEN, DIT)

59 — *Paysage d'Italie.*

Campagne montagneuse et boisée, parsemée de fabriques et traversée par un cours d'eau. Au premier plan, un troupeau de vaches, de chèvres et de moutons est conduit par une villageoise assise sur un cheval blanc et causant avec un homme qui porte un ballot.

Toile. Haut., 96 cent.; larg., 90 cent.

OUDRY

(CHARLES)

60 — *Chasse au héron.*

Un épagneul blanc saisit par la patte un héron renversé, les ailes ouvertes, dans une touffe de roseaux.

Cadre sculpté ancien.

Toile. Haut., 86 cent.; larg., 1 m. 8 cent.

PARCELLES

(JAN)

61 — *Marine.*

Deux bateaux de pêche amarrés contre une estacade. A droite, un canot et divers voiliers.

Bois. Haut., 39 cent.; larg., 54 cent.

PEETERS

(BONAVENTURE)

62 — *Marine.*

Un seigneur et une dame, accompagnés de deux serviteurs, sont en promenade sur des dunes d'où la vue s'étend au loin sur la mer. Ciel nuageux très fin.

Signé à gauche : *Peeters, 1635.*

Bois. Haut., 37 cent.; larg., 50 cent.

PEETERS

(BONAVENTURE)

63-64 — *Deux Marines ; Tempêtes.*

Deux compositions de même dimension représentant des barques de pêche en péril sur les flots en fureur par des temps d'orage.

Cadres en bois noir.

Bois. Haut., 30 cent.; larg., 43 cent.

POEL

(EGBERT VAN DER)

65 — *Coin de ferme.*

Quantité d'objets, poteries, baquets, vases de cuivre et d'étain, mannes d'osier, choux amoncelés contre une muraille ensoleillée ; à gauche, dans l'ombre, près de la porte, un homme est assis et un chien flaire un plat déposé par terre.

Bois. Haut., 44 cent.; larg., 58 cent.

POELENBURG

(KORNELIS)

66 — *L'Assomption de la Vierge.*

La Vierge s'élève dans les cieux environnée d'anges et de chérubins; elle est vêtue d'une robe rose et d'un manteau bleu.

En bas de la composition, des bestiaux pâturent auprès de monuments en ruines.

Cadre ancien en bois sculpté.

Toile. Haut., 55 cent.; larg., 43 cent.

QUERFURT

(AUGUSTIN)

67 — *La Halte.*

Plusieurs cavaliers, soldats et mousquetaires, sont arrêtés au premier plan non loin d'une chaumière; quelques paysans sont accourus et semblent leur fournir des renseignements.

Cuivre. Haut., 32 cent.; larg., 44 cent.

RICCI

(MARCO)

68 — *Les Bergers.*

Site montagneux traversé par une rivière. Au premier plan, deux bergers font abreuver à une mare leur troupeau de vaches et de moutons. A droite, des arbres immenses se dressent sur un tertres ablonneux; à gauche, des monuments en ruine sont adossés à des blocs de rochers.

Toile. Haut., 1 mètre; larg., 1 m. 37 cent.

RYCKAERT

(DAVID)

69 — *Tabagie flamande.*

Six villageois sont attablés au premier plan ; l'un d'eux, vieillard au crâne dénudé, en bras de chemise, culottes grises, jambes nues, est assis sur un tonneau qu'un coup de scie a transformé en fauteuil et lance un jet de fumée avant de vider sa chope. Son vis-à-vis, assis sur un banc, bourre une pipe destinée à remplacer celle qu'il est en train de fumer. A droite, au fond de la pièce, un second groupe : une femme qui vient d'entrer prend le front d'un buveur attablé qui penche sa tête pesante, l'air mal en train.

Par terre, un vase en cuivre bossué.

Bois. Haut., 60 cent.; larg., 86 cent.

SON

(JAN VAN)

70 — *Fruits.*

Des grappes de raisin, des cerises, des pêches, des oranges, des fraises, des figues, des noisettes, sont assemblées en guirlandes qui décorent un motif d'architecture.

Toile. Haut., 80 cent.; larg., 58 cent.

STEENWYCK

(HENRI VAN)

71 — *Saint Jérôme.*

Dans l'intérieur d'une salle de la Renaissance éclairée par de hautes fenêtres à petites vitres, saint Jérôme est assis devant une table et écrit sur un pupitre. Derrière lui, une cloison en boiserie est surmontée d'une tablette chargée de livres et de fioles de toutes formes. Le lion est couché sur les dalles de marbre, non loin d'une grande cheminée à hotte.

Signé à gauche, en bas.

Bois. Haut., 38 cent.; larg., 57 cent.

STORCK

(ABRAHAM)

72 — *Un Port hollandais.*

Vaisseaux de haut bord et barques de pêches mouillés dans un port; à droite, quelques figurines sur un quai.

Signé en toutes lettres.

Bois. Haut., 19 cent.; larg., 25 cent.

STRY

(JACQUES VAN)

73 — *Bestiaux au pâturage.*

Vaches, brebis et chèvres dans une prairie baignée par un canal que sillonnent des barques, à droite.

Bois. Haut., 46 cent.; larg., 60 cent.

TENIERS
(DAVID)

74 — *Cabaret flamand.*

Assis sur une chaise, de profil vers la gauche, un gros personnage, nu-tête, en veste jaune et culottes grises, bouffantes, lève sa chope pleine, tandis que son compagnon, un jeune homme vêtu de bleu et coiffé d'un feutre, fume sa pipe, le coude sur la table où se voit une serviette. Derrière ce dernier, des poteries et des flacons de verre sont accrochés au mur ou rangés sur une tablette. Par terre, une cruche de grès rouge à couvercle d'étain et une pipe cassée. Au fond de la pièce, devant la cheminée décorée d'une image, cinq villageois jouent aux cartes.

Tableau de belle qualité.

Bois. Haut., 36 cent.; larg., 27 cent.

TENIERS
(DAVID)

75 — *Le Fumeur.*

Imberbe, coiffé d'un feutre, d'où s'échappe son épaisse chevelure blonde, en veste bleue et chausses grises, il est assis sur un banc, un pied au bout du siège, et allume sa pipe. Un réchaud en terre et du tabac sur une feuille de papier sont posés sur un escabeau. Par terre, une cruche de grès. Au fond, à droite, le cabaretier monte un escalier.

Bon tableau de l'artiste, d'une coloration argentée, très fine.

Signé du monogramme sur l'escabeau.

Bois. Haut., 26 cent.; larg., 20 cent.

TILBORCH

(GILLES VAN)

76 — *Intérieur hollandais.*

Une jeune servante offre un verre de bière à deux jeunes gens ; l'un d'eux, assis auprès d'une table, fume, pendant que l'autre, debout, allume sa pipe ; à droite et à gauche sont placés une mandoline, des paniers et différents ustensiles.

Collection Neville de Goldschmid.

Vente Martin Coster.

Bois Hauf., 40 cent ; larg., 52 cent.

TOURNIÈRES

Attribué à)

77 — *Diane.*

La déesse est représentée à mi-corps, de profil, en tunique blanche et manteau bleu, le front ceint d'un diadème surmonté du croissant.

Cadre sculpté.

Ovale. Haut., 75 cent.; larg., 60 cent.

TROY

(JEAN FRANÇOIS DE)

78 — *Portrait de Hilaire Bernard de Roqueleyne, baron de Longepierre (1659-1721), poète tragique, traducteur de Sapho, d'Anacréon, de Moschus et de Théocrite.*

Représenté à mi-jambes, grandeur nature, de trois quarts tourné vers la gauche, debout, la main droite sur le dossier d'un fauteuil, tenant un livre de la gauche, il est vêtu d'une robe de chambre en velours ponceau sur laquelle ressortent le rabat et les manchettes de guipure.

Une perruque bouclée et cendrée descend sur les épaules. Au fond, les rayons d'une bibliothèque.

Portrait d'une grande distinction.

A figuré à l'Exposition des portraits nationaux, en 1878.

Toile. Haut., 1 m. 30 cent.; larg., 95 cent.

TROY

(FRANÇOIS DE)

79 — *Jacob et Rachel chez Laban.*

Gracieuse composition comprenant une quinzaine de figures : des moutons, des chiens, un dromadaire, etc. Elle a été gravée anciennement.

Toile. Haut., 1 mètre; larg., 80 cent.

VERDUSSEN

(JEAN-PIERRE)

80 — *L'Inspection des chevaux.*

Un officier des haras, en costume de l'époque Louis XV, examine un cheval blanc qu'un fermier tient par la bride.

Toile. Haut., 37 cent.; larg , 45 cent.

VERNET

(CARLE)

81 — *Le Départ pour la course.*

Un jockey, en casaque rose, enfourche un cheval bai, tourné de profil et tenu par un entraîneur qui donne du vin au coursier.

A gauche, on aperçoit le champ de course.

Cadre en bois sculpté.

Toile. Haut., 60 cent.; larg., 73 cent.

VRIES

(J. R. DE)

82 — *L'Église de campagne.*

Un homme pousse devant lui quelques moutons sous la porte d'une ferme que surmonte une vieille église dont la tour carrée émerge au-dessus des arbres.

Bois. Haut., 54 cent.; larg., 44 cent.

WERFF

(LE CHEVALIER ADRIAAN VAN DER)

83 — *Le Jugement de Pâris.*

Le Berger, assis sous les arbres, vient de remettre la pomme à Vénus conduite par les amours. Minerve et Junon se retirent, précédées du dieu Mercure.

Cuivre. Haut., 55 cent.; larg., 49 cent.

WITTE

(EMMANUEL DE)

84 — *Intérieur d'un temple protestant.*

Un rayon de soleil pénètre dans une chapelle d'architecture ogivale, s'accroche au sommet d'un pilier et vient illuminer la base d'une muraille blanche, contre laquelle deux personnages vêtus de noir se sont arrêtés.

Effet saisissant de vigueur. Coloration brillante et harmonieuse.

Signé en bas, à gauche.

Bois. Haut., 42 cent.; larg., 35 cent.

WOUWERMANS

(PEETERS)

85 — *Cavaliers.*

Au premier plan, un groupe de cavaliers; l'un tient un fanion; l'autre, montant un cheval blanc, a derrière lui une femme en croupe. Un autre, descendu de cheval, est occupé à boucler une malle. Au second plan, des arquebusiers, embusqués derrière un champ de blé, font le coup de feu. A gauche, un village livré aux flammes.

Toile. Haut., 34 cent.; larg., 40 cent.

WYNANTS

(JAN)

86 — *Paysage.*

Un chemin sinueux, creusé d'ornières, côtoie une rivière qui arrose un pays de coteaux boisés. Un mendiant demande la charité à un cavalier montant un cheval blanc; au bord du chemin, à droite, gît un arbre abattu, auprès d'une touffe de plantes à larges feuilles. Ciel nuageux.

Signé en bas.

Toile. Haut., 29 cent., larg., 34 cent.

WYNANDTS

(De Bruxelles)

87 — *Vue d'Amsterdam.*

Canal traversé par des passerelles avec ses quais bordés de maisons de briques à pignons; au milieu de la composition, une coupole octogonale est surmontée d'un lanternon.

Bois. Haut., 33 cent.; larg., 40 cent.

88 — *Vue d'Amsterdam.*

Ces deux tableaux sont d'une exécution précieuse, rappelant celle de van der Heyden.
Pendant du précédent.

Bois. Haut., 33 cent.; larg., 40 cent.

ÉCOLE FRANÇAISE

(Fin du XVIII° siècle)

89 — *Les Dessinateurs.*

Une jeune fille en robe blanche, coiffée d'une capote de paille à rubans bleus, est assise et dessine dans un parc; un jeune homme, en habit rouge et gilet blanc, un carton sous le bras, s'approche, le chapeau à la main.

Toile. Haut., 60 cent.; larg., 50 cent.

Imprimé en France
FROC011622010720
24395FR00018B/510

9 782329 414775